JN117550

NoV
5
VAN
PRRR
Dinner
空間的藝術ライン
Radio Theater
1925.
橋本健吉
EDITION

記号説

北園克衛

記号説　目次

丸ビル

夕方になると
遠い野原の方で
無気味な手をひろげる雑草と
じめじめした畦道の不安な沈黙から遁れて来た私は
よしむば
このゆがんだ手がざらざらしてゐやうとも
ああ　都に住まう

せめて薔薇色のネクタイと
上品な靴を買ひ求めて
丸ビルの十字路を滑らせてゆかう

もはやここには隣人もなく
恋の情熱もない
わたしは

放たれた道化者《ピエロウ》のやうに
たよりない虚偽のしやつぽをかむつて
万国旗と花電気と自動ピアノとビクターレコードの新市街を
女達の気まぐれなコクエツトにおびえながら——
だが
貴族のやうに気高く
荘重に
わたしの靴をすべらせてゆかう
——
至る処の食堂や喫茶店では
さもしい食慾を満足させ
貴金属商の鼻の先へ
銀蠅のやうに群《たか》つてゐやう。

夜のメカニスト

カフエーの女は
いつたい透明で
桃色の呼吸を続けてゐて
高価な指を光らせながら
ロベリヤの葉に
薄荷色の会話を隠したり
テーブルのピアノを弾奏する
椅子とカーテンの夢想家で
可憐な都会のボヘミアン。
――
キユラソーや
ペパーミントの陰影から
七色の心臓をちらつかせる
素晴しい燐寸の誘惑者で
ストーブの煙突に

情熱のリボンを結んだり
恋人を
金銭出納器のボタンに分解してもらふ
華やかな夜のメカニスト

五月の感覚

美しき少年と共に歌へる詩

1　銀紙

チヨコレエトの銀紙で
コツプを造るのは止しませう。
それでなくても
あなたの細い指先は
夢のやうに苦いのです。

2　懐中鏡

夕暮になり
花屋《フロオリスト》の窓に電気がつくと
あの美しい少女たちは

電車や劇場や珈琲店や書斎の窓から
キラキラと懐中鏡を光らせる。
不思議な魔術の使ひ手です。

3　野原

ひたひたと川の流れに
こころを冷やし
一本の草の茎から
しんしんと緑を吸つて
私は今日も
五月の空を感じてゐる。
野原よ。

53のワルツ

真空中に於ける光の速度は光波の波長に関係なし

エベルト

赤電球 ↑ 緑電球
白電球 ↓ 黄電球
黒電球 ↑ 青電球
青電球 ↑ 黄電球
黄電球 ↓ 白電球
緑電球 ↑ 黒電球
PIKOO・PIKOO
PIKO
PIKO・PIKO・と
イルミネーシヨン七月の夜
KIRO・KIROと車に乗つて
香水美術博覧会も
歯車仕掛けの眼玉でながめ

シヤボ玉のカツレツや
風船玉のスウプに酔つて
何と愉快なゼントルマンが
銀座の舗道を散歩する
ＰＩＫＯＲＯ・ＰＯＲＯ・ＰＯＲＯ
ＰＡＰＡ・ＲＡＲＥ・ＰＡＰＡ
３５５５５５５６５３５６
１２３５５６５３５３２１
１１２３５３５２１６６５
１６１５５６１２２２２２
ラツパ仕掛の節おもしろく
歩調をそろへて夜店を讃へ
ブリキ細工の曲芸玩具
１つ７ＳＥＮ・２つで１０ＳＥＮ
（愉快な計算だね）
坊ちやも買へば嬢ちやんも欲しい
私も買はう
伯父さんもお金がもうかつて

家へかへつてお米を買つて
あまつたやつでお酒を飲んで
ＰＥＫＯＲＥ・ＰＯＲＯ・ＰＯＲＯ・踊るだらう。
家庭円満・富国強兵
軍艦も大砲も沢山できて
美しき未亡夫人は今日もまた
大正琴を弾きて遊べり。

記号学派

1

青い空
白い屋上庭園
白い円卓
白い貴婦人
赤い手袋

2

白い少年
遠い空
ヒヤシンス
窓
白い風景

3

菓子と香水
花と鏡
化粧と小説
楽器と人形
花火と料理
煙草と万国旗
日傘と舞踏
面白くない

Kunst
Kunstlehre
Kunstgeschichte
Kunsttheorie
Form(Gehalt)
Kritik
Illusion
Witz
КЭНКИЧИ
1927

記号説

★

白い食器

花

スプウン

春の午後3時

白い

白い

赤い

★

プリズム建築

白い動物

空間

★

青い旗

林檎と貴婦人

白い風景

★

花と楽器

白い窓

風

★

貝殻と花環

スリッパの少女

金糸鳥の熟れる汽船のある肖像

★

温室の少年

遠い月

白い花

白い

★

化粧と花火

人形のある青い窓

白い靴下

美学
白い美学
★
銀色立体人形
銀色立体人形
花と鏡
静力学
★
白色建築
遠い郊外の空
遠い
★
空
海
屋上庭園
煙草をすふ少年白い少年
1人
空間

★

魔術する貴婦人の魔術する銀色の少年
魔術する貴婦人の魔術する銀色の少年
赤い鏡に映る
赤い鏡に映る
白い手と眉と花
私
空間

★

青い空
なにも見えない
なにも見えない
白い家

★

白い遠景
淡い桃色の旗
絶望

★

白い少年
遠い空
ヒヤシンス
窓
白い風景

★

明るい生活と僕です
明るい思想と僕です
透明の悦楽と僕です
透明の礼節と僕です
新鮮な食慾と僕です
新鮮な恋愛と僕です

青い過去の憶ひ出は
みんなインキ瓶に詰めてすてました

★

力学は暗い
植物は重い

★

白い食器
花束と詩集
白い
白い
黄色い

★

白い住宅
白い
桃色の貴婦人
白い遠景
青い空

★

トランペットの貴公子はみんな赤いハンカチをかぶつてゐる

★

夜会服
夜会服
夜会服

夜会服
夜会服
面白くない

図形説

空中運動

旗　旗　旗　旗　旗

立体人形　立体人形　立体人形

水中運動

真空球

立体魚　立体魚　立体魚　立体魚　立体魚

0

旗の鳥

旗の鳥

旗の鳥

飛行船

魚形水雷

旗の鳥

旗の鳥

旗の鳥

整型手術

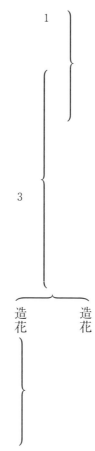

1

3

造花　造花

7

軽気球人形

軽気球人形

（軽気球人形

（5）

貴婦人

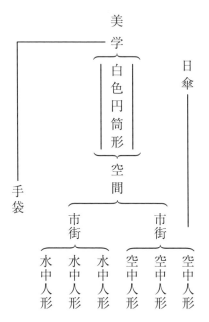

日傘

美学

白色円筒形

空間

市街

空中人形
空中人形
空中人形

市街

水中人形
水中人形
水中人形

手袋

美麗な魔術家

【水中人形】
花　束
【水中人形】

★夜会服

軟い足
軟い足
軟い足
軟い足

水中映画

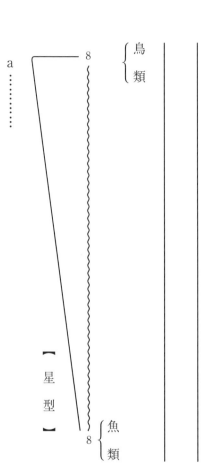

鳥類

8

8

魚類

【星型】

a……

空中映画

1

3

光線

光線

光線

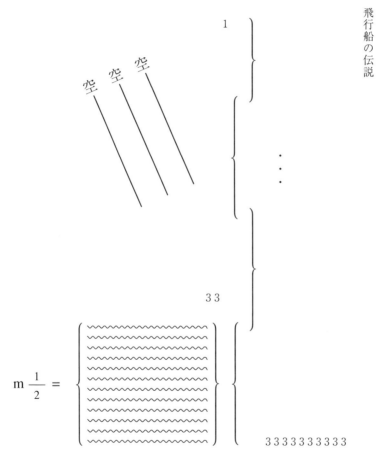

飛行船の伝説

1

空 空 空

・
・
・

33

3333333333

$$m\frac{1}{2} =$$

空中魚

白い飛行帽

鉛の頭
鉛の頭
鉛の頭

3……………

空
空
空
空
空

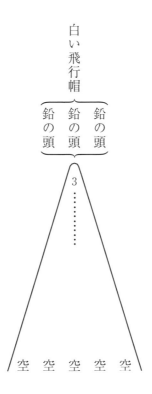

人形とピストルと風船

一　SCÈNE

青い部屋
　ちひさい正方形の窓がひとつ
老婆が中央の椅子に腰かけてゐる
音響
　突然
　　赤い風船玉がひとつ天空に登る
老婆
　ひくいちひさい声で笑ふ
暗黒になる
　　黄色い焔が窓の外でもえる
　　　直ぐ消える
コルネットが鳴る

マグネシゥムが光る
突然
非常に人間的な（わざとらしい）猫の鳴き声
直ぐやむ
静寂
静寂
静寂
突然
硝子の砕ける音響

2　SCÈNE

白い3角の部屋
女が逆に吊るされてゐる
少年が這つて来る
突然に泣く
女にすがりつく
叫ぶ

『マリイヤ　マリイヤ』
1発
ピストルが鳴る
群集の激しい足音
直ぐやむ
部屋が紫色になる
少年が怒鳴る
『ニヒリズム』
暗黒になる
群集の足音
口笛
マグネシゥムが光る
静寂
部屋が明るくなる
老婆が２人
吊るされてゐる女の頭を嚙つてゐる
ときどき互に顔を見合ふ
無表情でかん高い声で笑ふ

吊るされてゐる女が突然に落ちる
老婆
悲鳴をあげる
鋭い細い長い声
暗黒になる
中央
青い焔が燃える
老婆が笑ふ
『ひひ　ひひひひひ』
青い焔が消える
マグネシゥムが光る
ピストルが1発鳴る
静寂
静寂

距離

そこにはなにもなかつた　そこにはかすかなものさへなかつた　しかしそこにはそれとはまつたくちがつたものがあつた　それとはまつたくちがつたすべてのものがあつた　ぎつしりつまつてゐた

臆説

それについてたれもしらなかつた　それはいよいよたしかになつていつた　それはとつぜんおこつた　しかたもないといつた　そしてみづをのんだ　わらひはじめた

奇蹟

人形たちと私　私はさびしがらない
人形たちと私　私はかなしがらない
人形たちと私　私ははづかしくない

人形たちとあなたたち　あなたたちはさびしいのです
人形たちとあなたたち　あなたたちはかなしいのです
人形たちとあなたたち　あなたたちははづかしいです

★　わたくしはいつもほんたうをいはぬからです
★　あなたたちはいつもうそをいはぬからです

文明

1 私は私のあなたである
2 私は空気と水の中に香気と音響と光りの言葉をつづりえたあなたである
3 私は水よりも優しく水よりも冷やかなあなたである。 私は水のやうに微
笑し水のやうに冷笑するあなたである
4 私はあの遥かな天空に煌くプラチナの十字架の上にいつかはひとすぢの
血と涙とをそそぐあなたである
5 私はいくたびかイタリヤ色の天空に白鳥となつて浮びえたあなたである
6 私はいくたびか熱帯の海に腕《かひな》をうしなひ私は砂と風のために黄金の胸を
うしなひ
7 私は冷酷無比の恋をしり
8 私はしかも桜の花と日本のために純粋の眉をひき
9 私はシルスの祈りをしり
10 私は今日もコスモス色の空をはるばるプラチナの小鳥をはなちあるひは

白薔薇の廻廊をかへるべかりしあなたである

空気の　空気の作用　空気いりの

魔　術

香水　香水噴霧器　Zerstäubungsapparat　香水線
香水石鹼　香水紙　香水菓子　香水瓶　香水店

香水魚　香水ランプ　香水動物　香水光線　香水貝　香水市街
香水空気　香水吸入器　香水　リボン　香水小説

海の海の海の海の海の海の海の海の海の海の
海の海の海の海の海の海の海の海の海の海の
海の海の海の海の海の海の海の海の海の海の
海の海の海の海の海の海の海の海の海の海の
海の海の海の海の海の海の海の海の海の海の
海の海の海の海の海の海の海の海の海の海の
海の海の海の海の海の海の海の海の海の海の

優美の小説と優美の小説のための小説と私とあなたたちとの空間量

水の光り水の光り水の光り水の光り水の光り
水の光り水の光り水の光り水の光り水の光り
水の光り水の光り水の光り水の光り水の光り
水の光り水の光り水の光り水の光り水の光り
水の光り水の光り水の光り水の光り水の光り
水の光り水の光り水の光り水の光り水の光り

水の光り水の光り水の光り水の光り水の光り

魔術のわらひ

気　体

シルクハットのふちに腰かけてうつらうつらと魚をみてゐるちひさな
ちひさな風のやうな青いきもののおんなの子　ちかちか光る桜貝　貝
殻の雲の下に私の美しいナルシイスの瞳　かあいさうなおかあさん

ともだち　ミニヨンの眼のともだち　私の手をあなたたちに　私の夢をあな
たたちに　私の光りをあなたたちに　水を空気をあなたたちに　私はいまあ
なたたちへの約束をはたした

それらへのおはりなき挨拶のための握手
それらへのおはりなき挨拶のための冷笑

それらへのおはりなき挨拶のための自殺

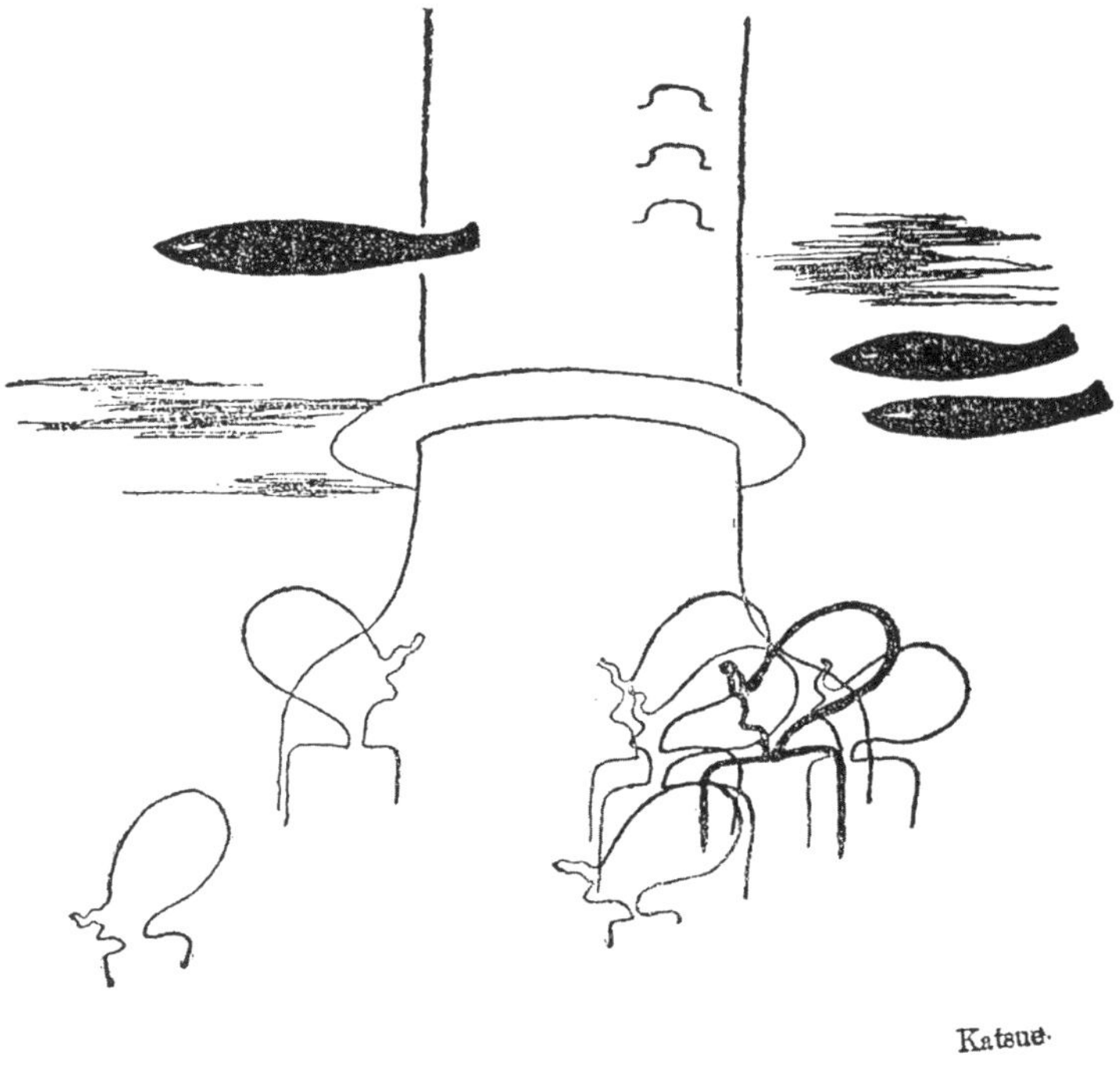
Katsue.

口笛

夏は美しい季節でした

物質は重く生活は軽いのです
街の従妹たちよ
そこでは星と林檎がいり混り
そしてあなた達は失はれた花束にすぎません

僕は？　あなたは？　好きなのですね？

しかしだが　カメラのなかに月がでたら
あ！
動いちゃいけません

海のパルク

彼女の襟のブロオチは
あれは何の花であつたかしら

若いマダムよ

あなたの左の手の上に
金の時計を光らせなさい

若葉の街の詩人たちも
やがて夏には死んでゆくのだつた

月夜の青い砂の上
快活な夏と僕たち

NUL

私は水晶の球体のなかの緑の猫を眺め。他の水晶の球体のなかの純白の植物を眺め。一本の巻煙草を喫はなかつた。

ACTE

水晶の球体のなかの美しいストイツクは悲哀に狂へる純白の眼球をもつてゐる。水晶の山高帽をかぶつて形而上学的の椅子に坐る。とつぜんに耀く宝石の海を見なさいよ？

MIRACLE

夏の踊子は片足をあげて沈んでゆく。とつぜんに水平線がちぎれて純白の塔のうへに菫色のヨットが現はれてくる。

VIN

食虫植物を指にささへて、長い硝子管で月を吸つてゐると、やがて脳髄が青白くなり、真珠色になり、巻尺で計ると背中の方から破れてしまつた。

軽金属の頸とその眼球の紫のガス

水晶の頬が思はずほつと桃色になると、天空に黄色い円錐があらはれた。君は、なんだ。いつたい、なんだ！　すると純白の硝子棚が庭園の方へ出て行つてしまひます。金属の窓をあけて夏の海にかがやくホテルを見ろ。純白のホテルの旗をごらんよ！　とつぜんに空間が破れて、直線の下を緑の猫が通過した。

硝子の夜の少年の散歩

望遠鏡空間が怠けて楕円形になり、２角形になり、抛物線になり、溶けてしまつた。無色透明の美しい少年が水晶のパイプを啣へてカメラのなかに現はれてくる。こんにちは、私の美しい白い写真師！　写真師はプラットフオオムの椅子にゐる。

透明な少年の透明な少年の影

愛する少年よ。天空の銀線をつたふ美しい薔薇少年よ。永遠の海の光りの悲劇、永遠のアクロバアトを眺めよ。夢は、夢は光る車輪、泪の車輪、水晶の車輪といつしよに、あなたのアアチと花束を、夏の砂礫のなかに運んでゆく。愛する少年よ。醒めよ。そして吸取紙のなかに、またインク瓶のなかに、死のやうに輝く微笑をもつて、快速力の海を殺害せよ？

フラスコの中の少年の死

いきなり壁のやうなものに衝突した。そしてぶらさがつたが、瞬間に落ちてしまつた。

金髪の影　そして白い円のプログラム

完璧な会話のあとで暗黒の極限が破れた。そこには夏の砂漠があつた。僕は球体のなかの窒息した水晶の植物をしらない。僕は球体のなかの発狂した雲母の章魚をみない。そして僕は僕を待遇する。際限もない可能。つひに愛への恐怖が鏡のなかに立ちあがる。そのとき僕は僕の他の明白な限界にむかつて静寂に傾いてゐつた。

軽金属の指と唇をひらいた純真な天使の羽毛の頸　そして極限の中の光沢のある球体の化粧

僕は極限と極限の中間に水晶のパラシウトに乗つて吊りさがつてゐた。すると軟風の光りのなかに全く異つた極限がピラミツド型に滑りだしてきた。僕はその頂点にまたがつて、アンテナのやうなもので空間を作りながら、コイルのやうなもので純白の球体を薫陶しはじめた。

天体の雪に光つた光輪の中の天使の瞳　あるひは真珠の頬

御覧なさい！　おびただしい円形空間が緬羊雲のやうにおもひおもひに浮かびあがつてくる。それは水晶の午後なのです。私はO beata solitudo, o sola beatitudoと書いたリボンをくはへ、水晶の森林のなかに崇高な空虚の頸を占断する。結晶した竜胆の高潔の葉と花ら。そして僕はそれを視る。僕はそれを失ふ。やがて静かに極限が近づいてきた。いきなり破れてしまつた。

北園克衛
記号説
1924-1941

前衛の憂鬱

金澤一志

前衛は前衛として生まれてくるのではなく、どこかの時点で転生するものだ。古めかしい抒情に遊ぶばかりの北園克衛の身に火花が注がれたのはおそらく一九二四年の春頃のことで、同年に書かれた「丸ビル」「夜のメカニスト」はともに都会の光景を嵌めこんだモザイクにすぎないが、関東大震災からの復興に伴う新しい都市生活への関心のなかで実験詩人は萌芽する。後年に《まるでSF詩》と自嘲する前衛的な詩群がすぐに列を成し、「53のワルツ」にもみられるように科学や数学の語彙を借りながら反文学・反抒情を標榜した。

日本のシュルレアリスム宣言に署名していること、また処女詩集『白のアルバム』がシュルレアリスムの詩集として宣伝されたことから北園克衛は超現実という紋切り型の分類に終生苦笑いをすることになる。しかし論争を避けてつねに自己満足的でありたいこの詩人には、たやすくスタイルを替える身軽さという武器があった。ある時期の営為の口実であったシュルレアリスムは時代精神を納める容器にすぎず、批評の応酬に飽きることになってもわだかまりなく内庭に置かれて拘泥しない。それゆえに、詩人の多くが戦前の払拭を図ろうとする戦後にあっても北園克衛は前衛時代をなつかしく回想し、かつて馴染んだ手法を要素的に再生させようとさえ目論むのだ。不条理感は戦後により強く、デペイズマン的なことばの組み合わせが錬成されるのも戦後のことである。

「記号説」は地方紙に発表した「記号学派」を二度にわたって改変した代表作で、文意を決定する述語を排してモダニズム文化の明るい側面から抽出したことばを浮遊させたイメージゲームといえる。海がみえる丘の白いホテル、初夏のティータイム、ただし生身の人間の姿はなく人造感にあふれたアクリル画のようだ。また「記号説」の発展形であり、早すぎたヴィジュアルポエトリーの達成として知られる「図形説」が絵画的な線ではなく鉛の活字に託されて構成されていることは、この詩人の作品をグラフィックとして眺めるときにに欠かせない観点になる特異なフェティシズムを示すものだろう。北園克衛にとって詩の正体とは、まず印刷された紙でなければならなかった。本書では発表当時の版組みを極力再現している。

述語の復権を試み、短時間に進行する出来事を記述する「NUL」から始まる詩形はロマン主義的な本質を自覚する北園克衛がたどりついたシュルレアリスム詩の解答だったのか。少年的な夢想を幻灯画のように投影する文体から想起される『一千一秒物語』の稲垣足穂はかつての盟友でもあり、もし慶応のシュルレアリスムグループからの引力がなかったら、北園の世界観はさらにタルホワールドに近接していたかもしれない。

しかしこうした実験的な文体の試行をかさねて前衛詩人と呼ばれながら、一方では故郷の風景を童話の一節のように描くことにも執心し、二十世紀少年は進取と伝統ふたつの錘を両腕に提げておたがいを戒めるバランサーとしていたことも忘れるわけにはいかない。「橋」や「土用」のなつかしい情景は、驚くべきことにいまでもそのまま故郷に残って釣り合う未来をさがしている。

現実的な感情や社会的な事象を詩に落としこむことを拒んだために、時局の悪化につれて北園克衛が描く光景は陰鬱な堆積で重苦しくなる。放縦なイメージの楽園『サボテン島』も南洋幻想に逃避しながらの必死の乖離と読める。頽廃を感じさせる「花のスピイド」、否定に支配された「熱いモノクル」を経て詩文は次第に接続をもたない点景になり、色彩を失う。北園克衛のメランコリアは霊感と幸運の到来を信じる体を装っていたものの検挙が現実のものになって身の上に迫れば虚勢は沈みこむしかない。たった十数年前の、あの白い建築を太陽が照らす光景はすでに見えなくなっている。やがて戦火はおさまり、官憲に目をつけられた詩人は獄死することなく生き延び、再び自由にペンを持つ日が来ることを我々は知っている。しかし当時の北園克衛は知らない。

北園克衛　記号説　栞　／　思潮社　2024・6

北園克衛
戦後篇　単調な空間　1949-1978　定価（本体二四〇〇円＋税）

星の眼鏡をかけた天使の読書　あるひは真珠の草花など？

純白の空間がちぎれてとんでしまつた。するとミラクルが現はれた。見ると、天体化した空間の明白な極限の上に水滴化したフラスコが、紡錘型体や円錐型体で踊つてゐた。

驟雨

友よ　またアポロが沖の方から走つてくる
雨のハアプを光らせて
貝殻のなかに夕焼けが溜まる

貝殻

少年達は詩のやうに貝殻をならべた
熱い砂の上に
それで詩人達は膃肭にすぎなかつた
正午の空が雲のナプキンをつけると
松の葉がパセリのやうに波の間に見えてくる

夏の夜

Cher ami
月草が咲くヴイラの庭でメロンを食べよう
どんなに愉しい訣れのときが
僕たちにやつて来ることだらう！
山の端に月が出ると
海は一枚のレコオドのやうに光つた

田舎の食卓

朝の食卓で寝坊の僕を待つてゐる
この固いアンベロップには宛名がない
封を切ると
いきなり昨日の太陽が出てきた

橋

夏になるとその小さな橋は菫やたんぽぽや
紫雲英の花が咲いて美しいアアチになる
その花のアアチの下を小川が流れ
自転車がアアチの上で天使の羽根のやうに光る

土用

少年たちは石のやうに固い頭に汗を出す
一匹の蜥蜴が雑草の上でゾリンゲンのナイフのやうに跳ねかへる
楓の葉の下で小川の水がゼリイのやうに顫へる

詩集『サボテン島』から

★

フエニツクスの先端をかすめて郵便機が着陸する。

エヤ・ポオトNo.53の上空のシイラス。
Mlle Kakatoes がリユルサ風のジイドルンクから tandem で急いで来るので
美しい。

★

ペカペカな土耳古王妃の月が出て。

Je te garde,
Je te heurte,
Je te brise,
Je te brise,
Je te change.

と歌い乍ら君は髭を剃り金属的な朝の挨拶を撮影してしまふのが音楽的にはいいだらう。

パラソルをさして大理石の廻廊をめぐり、浴室のなかで鶯の結婚を歌ふ失楽の人よ。十五分ばかりしてまた電話がホスピタルのガラスを顫はせた。

★

透明な百合の花を持つた若い詩人の肖像はダリに属してゐる。

★

詩人の笑ひには Café Tricolore のカアテンのやうに白と銀との縞があるのがよい。

★

1935年の若いジエネレイシヨンは細長い黄色いサロンから生れた。

★

電流に貫通されたピエエル・ロワの卵とピンク色の三角旗。それらはアスフアルトの上に完全に投影する。

★

ハンス・アルプが白い金網のある庭園で緑のシアンペンを飲んでゐる。

★

僅かばかりの芝生に対して最大限のコンクリイトを要求すべし。一本の旗は無限の晴天に対して充分に有効である。

★

すべての亜流はレリイフの裏側の装飾家に過ぎない。

★

二つの目的を一時に解決するとき透明な思考が生れる。

極彩色の月がワメキ乍らメキシコの方向から出た。

★

冬には錆びたトラクタアに乗つて園丁の祭礼にサアビスする。

★

僕は毒どくしい、ケバケバしい、ゴツゴツした GROTESQUE のドクドクしい、ケバケバしい、ゴツゴツしたラツパの指揮者であることが希望である。

★

スムウズな文学はつまらない。銀行員の Love letter のやうにつまらない。

★

僕の詩はペリカンの如きものでありたい。

ガラスの上の春はスケエト靴をはいて眺める。

★

レモンの雲はテニスコオトについて知らない。

★

緑のパンツをはきシガレットをくはへ白い円筒の近くで自転車を粉砕する。

★

午後のロビイで林檎とクルミとパイを食ひミルクとコオヒイと卵を飲んでホテルのトオナメントに坐れ。

★

赤と白のストライプのミス・マリイが蜜蜂のやうにラケットをふるのがホテルの正面窓に映る。

★

つぎに黄と黒のチエック手套をはいた手が卵をかぞへるのが見えてゐる。

★

地中海の街で寝台にキリコの馬が眠つてゐる。

★

お　地中海の夏のフリユウトにし給へ。

★

シルクハットをかぶり百合の花束を持つて白いヨットの花嫁に挨拶してゐると風が吹いてくるね。

★

黒ん坊と菫。
ドアを開けよ。するとまたドアだ。

キヤツの頭に一斧いれてヒヤシンスを植ゑてやれ。

★

不機嫌、憤怒、お、そして Louis de Broglie 的無理数！

★

あ　またしても Rousseau 的心情吐露か、この卑俗さは全く堪らない。

★

Le Jeune Japonais はミイリング工の如く街角を曲つてイキナリ電球をモギ取る。
あとには快速列車の通過があるばかりだ。

★

そして春は遂に爆発してしまつた。

★

僕は丹念にペンをなめる。小さな封筒の中にミシンを追込むためなり。

★

鉛筆のやうに哲学し、ナイフのやうな詩を書くことは少年に望ましいことである。

★

鶏と太陽が騒ぎまはるのでいつも朝が来て了ふ。

★

むしろ沙漠の眠りを吾れに与へよだ。

シヤワアで頭を洗つてから卵型の椅子で眠れ。

★

手風琴はアパアトの幼虫だつたがやがてパラソルになつて飛んで行つた。

★

セルロイドの眼鏡とバンドのついた外套が一足先に席についてゐた、それからやがて近藤東が到着した。(Bon soir messieurs) そして鼻唄を唄ひ乍らメロンを喰ひ出した。

★

僕は一種のヘリコプタアだ。馬車馬の真似がどうして面白からう！

★

僕は立琴を弾くやうな優雅な身振りで弓を引く。それからラケル・メレの菫色の唄に合せて水平線の首をチヨイと斬るのがクセなのよ。

★

葡萄畑の中を大理石の馬が走る。ノルマンデイの夏にはロマンのやうな朝が来る。

★

沙漠はホコリツポイ空地に過ぎない。スリツパのやうなカビが生える。

★

水晶のヴアイオリンを弾いてゐたら頭がスヰトピイの花瓶になつて了つた令嬢があつた。

★

水平線はミシンの思想でシユミイズやシアツの雑音に充ちてゐる。

★

詩は美しく均斉のとれたレリイフだ。
不完全な詩人は自然の模型を作る。

その頃彼はサボテンのやうな靴をはいて銀座に現はれた。

★

アマチユアは決して短詩を書かない。彼らはコンポジシヨンの美しさを解さないからである。

★

地中海の月は熟れた林檎のやうに皮をむかれて登つていつた。
どら林檎を食べに僕たちも海に出よう。

★

不意にベルが鳴つてピアノが真二つに割れてしまつた。ピアノの中はスヰトピイの花盛りだつた。

★

かつて僕は地中海と言ふ言葉以上に青い言葉を知らなかつた。そして僕は青鉛筆でノオトに詩を書いては焼いてゐた。

★

林檎を持つたヴエニユスを想像した希臘人は賞讃しよう。

夏の空間

北園克衛
作・画

朝はクリップの曲線であるが
コンクリイトのタイプライタアはあまりに動か

ないね
そうした時間の金属的な怒りを批評せよ
労働の百合の花が光り
石鹸のヘドニズムも光ります
ムギワラ帽子をかぶり農夫の競争用自動車のそ
ばへ走れ

花のスピイド

1

僕は一匙の街を持つてくる
眼には涙が一杯だつた
何卒御遠慮なく御持ちかへり下さい
絶讃の嵐にのつた女性より

2

彼女　それはまた一人の彼女だつた
さてどちらに軍配があがりませう?
いちはやく嗅ぎつけたのが犯人であらう
月の光りに照らされて

3

全身の血が震へて来るのに気がついた
時計を握らせて置いてリボンは窓掛けの外に垂れませう
折も折ドアをたたくものがある
襟止めの権化のやうに

4

禁止が何の役にたちませう
噴水の下はアンブレラに限ります
まだ唱はないのですか?
レダの巣籠りする半球の蔭によりかかつて

5

肌着を頬に押しつけてゆく
ことごとく彼の行動は彼に不利であらう

僕の秘密を見せてあげる
家を失つた小鳩のやうに

6

青い麦酒に抱かれて
そして自由に生きてゆかなくてはならないのだつた
房やかな金髪をぐるぐる巻きにさせられて?
僕はこの電話を利用した

7

晩餐会は焼きつくやうに配置されました
鷗のことを話しながら
しかも豊かな天分に恵まれた
窓の意味あり気なサインを見てゐる人に

8

あかるい晩
年来の渇望を医し
微に入り細に渉つて美しい声を出しました
これを機会に第一流の不倖は
花屋の扉に応じて調節いたします

9

誤解が容易であるために
アカシヤ樹には水晶の蓋をしたいものです
大いに悲しく唄ひませう
御自分の物になると否とに拘らず

10

言ふまでもなく永遠の暴落は

典型化されて彫刻的効果を持つてゐる
電流は断たれ
葡萄の葉がまちまちにざはめいた

11

音楽をめぐり
無謀の片鱗を挙げる
眠りゆく都の石よ
蝶は愛する技術です

12

寝室のラムプの影で
蔦のテラスが揺れてゐた
岩地が半円を描いて
古い都の経済はママも知る通り

13

あなたの胸の貝殻に
八月の海が鳴つてゐた
あなたの実に白いベレ
僕のまづしいカンパニイのために

14

百里香の匂ふ朝
もうさようならを言いませう
御希望の方は木製のプディングに就いて御話し下さい
靴下のやうに焦りながらも

熱いモノクル

1

石から立ちあがり
絶望に歩みより
駒鳥も鳴き
ひとり怒る
パイプはつまり
名も忘れた

2

百合さく村をすぎて
砂丘に近く
さびしい手紙を読み
貝殻と

ボタンのみを眺め
ひたすら涙と海を憎む

3

緑の菓子を食べて
庭に出て笑つたが
鸚鵡の舌はきたなく
シヤボテンもきたない
樫の木に悲しくもたれ
いつまでも
まづいピアノをきく

4

日日が苦痛である
風つよく
牛乳を飲んで坐つたが

時計も止り
ポンペイの死もつまらない

5

壊れたビイル瓶を抱え
海べの岩に
馬をきき
帽子も破れ
荒涼とひとり憐れむ
あ
セックストオル・ポンペイよ
汝の死はつまらない
と僕は言つた
しかし乍ら
やつぱり汝の死はつまらない

6

茨の道をさまよひ
茨を踏み
神も泣け
すでに石も哀へ
絶対の
また純粋の眼はさびしく
鶯の声もうるさい

7

ちひさい丘をめぐり
僅かにすべる
死はあまりに遅く
憂愁に濡れ
ボタンもとれ
シツドの恋もうるさい

8

友よ
しかし友はなく
孤独はきたない
ひとり鶯鳴く村に行き
ジアガタラ薯の育つのを見よ
なみだも流れ
無花果の下等な繁茂に気を悪くする

9

マリゴオルドの花咲く岸辺
アヒルの群はまぶしく
運命の日
絶望に横はり
材木も見ず
河原鶸の声もやかましい

10

黒い頭巾をかぶり
百合の花を買ひ
櫟の林を横切る
夏の日の道はながく
絶望も久しい
トマトの光る村に横はり
ピアノはなく
青い胡瓜を噛み
農夫の恋に泪する

11

燃えるアスファルトの道をゆき
汝の手は焼け
死は絶壁の手摺をさまよふ
僅かにミルクを飲み

疲れて笑ふ

12

雨の日
髭だらけの写真を破り
アネモネも見ず
金糸鳥も死ねと思ひ
噫
カルデイヤの牧人の孤独よ
神は車輪のやうに重く
ひとり
葡萄パンを切り
僅かに怒る

13

白いポオチにもたれて

薔薇を折り
犬を蹴る
ブルウトナアのピアノも裂け
汝の腰はあまりに細く
菫を踏み
糸杉の庭をさまよふ

14

橡の森にいり
昨日の日を惜む女を嗤ひ
荒涼とアンニユイを忘れる
あ
煙草はまづく
唇はかはく
茨の径で時計も落し
なみだが頰を流れる

疲れ
丘に立ち
ひとり
さびしく愛を侮る

15

熱い砂
に坐り
思ひはごごしく
横顔も見ず
太陽とボオトを憎み
蟹をける
あ
七月の午後
海はうるさく
恋人もパラソルもうるさい
かなしくキヤラメルを甜め

汗をかき
退屈する

明るいシヤボン

赤いピンセツトによつて
かれらはガラスの上に生誕した
栗色の文字に憧れて

さよなら
かれらはどこに
その半透明の切手を貼つたか

今朝
紫の手袋をはいた牛乳屋が
自転車でプウルの横を走つてゐた

さよなら
不意のレアリテたち
僕は毛皮のクラヴアツトを秘蔵した

むかし昔
かれらの長い嘆息の上に
細い無限のコイルがあつた

イタリイに居る
私の親愛なるラパロの賢人よ
そして僕のためにも

緑のアクシヨン

軽金属の手袋を脱ぎパパイヤの実を喰ふことが希望である
緑のステツキを肩らの上に光らせよ
僕達は充分退屈した
エアフロオの固体は垂直に水液の中へ行く
かつて新時代のために闘つた詩の戦士たちの遺蹟は
窓硝子の夥しい穴のなかに在る
彼等は憂鬱の十字軍であつた
鉛のパイプをくわへ刷毛をすべての書物に当てよ
希望はバツダイの大河をくだり鰐の歯の稜角を磨いた
僕達の白いシヤツの生地はリネンであるかポプリンである
田園の早朝になかば竣工したダムのある風景のなかを歩いた
かつての直線的イデエは地層の断面を作つた
巻雲のスピイドをもつて白昼の山岳に銃器を曝らせ
僕達の祖先タイヤルは雑草の陰に牡鹿とともに眠つた
それらの詳細を鋼鉄の文明のなかに投げ入れよ

容赦なく発砲することが重要である
シヤンデリアに贈る限りなきガラントリイはそれである
樹木の皮膚のなかのメランコリイのために彼等はすべての必然性と戦つた
それは充分退屈であつた
僕達は時代の裂け目のなかに希望を投げこむ
頬にはすでに祖先の怒りと孤独とを鮮やかに甦らせ乍ら

溶ける貝殻

白い網の向ふに
ザラ紙の時計は乾き
ワックスの雲が砂の上に垂れてゐる
それは朝の十時である
ピアノが
波に沈む
ゴムの椅子に坐り
長い間
コップのなかの溶液を揺つてゐた王妃よ
その木製のシヤツのラベルの
緑のために
太陽は
今日も雑草の上にある

勢よく

水のシヤツを着て
ガラスを破り
透明な匝線の影に立ち止まる
このセロフアンに包まれた
エナメルの百合は
エヂプトの旅行である
あ
固い水のスパイラル
一直線の砂を握り
海と
信号旗にレンズを合せ
明るいソオダ水のなかに傾斜する

固いパルク

遠いキヤベツの上を
見えないコルクが飛び
ストリキニイネの瓶が砕ける
葡萄の門は
すでに手帖の表紙である
雲と砂糖
僕はガンベツタの脱走に憬れ
磨かれたガラスを横切り
風化した階段の影を見た
その細長い距離とともに揺れ
卵は直線に沿つて廻る
この軽い円錐の背中を
一撃の鉛として装塡する
すべての音の混同が
ゆるい午後の切線となる

お
スナツピイな貝殻のひと光り
会話はボタンとともに乱れ
瓢簞の曲線をすべる
翼あるネヂ釘のために
熱い斜面の突起を計画し
僅かな石膏の先端に靠れ
いそいで溶解する
あ
それはひとつの嘘言のやうに
軟らかな管をのぼり
水上機のやうに
濡れたコルクの上に
軽くただよひ
蒸発する

休暇のバガテル

水の帽子をかぶり
光る砂の上に
砕ける風の網とともに
透明な思考がちぢれる日

ねぢれた椅子にもたれ
パインアップルを喰ひ
GOTHAM BOOK MART の
厚いカタログを読む

あ
強烈な午後の
固い影にコルクは乾き
絶望はシヤボンを濡らした

非常にはやく
ガラスの水差しをさげ
黒い階段をのぼり
アヒルの孤独をからかふ

君の頸はほそく
カバンの上にかたむき
華奢なコップのために
いきなり躓く

透明なオブヂエ

軽い朝
扉がしまり
栓がぬける

フラスコの中の
固い詩人
転る銀貨

雨が
レンズをたたき
スコップがはねかへる

ペンキの横の
ラケット
あるひはトランク

ベリベリイのわらひは
退屈なパイプとともに
ベトンの坂を去る

金網に遠く
焼ける思ひに縮れ
コリントの柱に写る

非常に白い
インポツシブルな
写真師の円屋根

固い曲線

葡萄の頭巾をかぶり
曲線のなかにしやがむことは
軽いことである

ガラスの輪の影の
蟻とともに菫を思ひ
卵型の貝を踏む

石膏の円錐の上に
光るスパイラルの水と
金網の眼鏡がある

軟らかな軸のために
かたむく煙と
その歯車はよろめく

ブリキの円筒を切り
溶けるレンズを
洗ふ午前

青い空に
アスファルトの車道がくねる
あ

円柱の辛辣な
白へ
赤い縞が吃り

フラスコの章魚は
漂白されて
透明な曲線の群となる
やがてエンサイクロペエデイヤを閉ぢ

パイプに火を点け
チユウリツプ咲くテラスに出る

とある円い椅子に
安息日の形に坐り
いきなり噫をする

クロロホルムの匂ふ
細長い栓をぬき
指をまげて眼をとぢる

そして少しビイルを飲み
強烈な球のある広場のために
脆い蝗を発見する

記号説　初出紙誌および収録詩集

作品	初出紙誌	収録詩集
丸ビル	大和日報　一九二四年五月一二日	
夜のメカニスト	文章倶楽部　九年九号　一九二四	
五月の感覚	大和日報　一九二四年五月一〇日	
53のワルツ	Mavo　六号　一九二五	
記号学派	大和日報　一九二七年一月二四日	
記号説		白のアルバム　一九二九
図形説		白のアルバム　一九二九
人形とピストルと風船		白のアルバム　一九二九
薔薇の3時		白のアルバム　一九二九
口笛	詩と詩論　一一号　一九三一	若いコロニイ　一九三二
海のパルク	詩と詩論　一一号　一九三一	若いコロニイ　一九三二

NUL	青樹　二六号　一九二九	円錐詩集　一九三三
ACTE	青樹　二六号　一九二九	円錐詩集　一九三三
MIRACLE	青樹　二六号　一九二九	円錐詩集　一九三三
VIN	青樹　二六号　一九二九	円錐詩集　一九三三
軽金属の頸とその…	詩と詩論　五号　一九二九	円錐詩集　一九三三
硝子の夜の少年の散歩	詩と詩論　五号　一九二九	円錐詩集　一九三三
透明な少年の透明な…	詩と詩論　五号　一九二九	円錐詩集　一九三三
フラスコの中の少年の死	詩と詩論　五号　一九二九	円錐詩集　一九三三
金髪の影　そして白い…		円錐詩集　一九三三
軽金属の指と唇を…		円錐詩集　一九三三
天体の雪に光つた…		円錐詩集　一九三三
星の眼鏡をかけた…		円錐詩集　一九三三
驟雨		夏の手紙　一九三七
貝殻		夏の手紙　一九三七
夏の夜		夏の手紙　一九三七
田舎の食卓		夏の手紙　一九三七
橋	文芸汎論　四巻一二号　一九三四	夏の手紙　一九三七
土用	文芸汎論　四巻九号　一九三四	夏の手紙　一九三七

詩集『サボテン島』から　サボテン島　一九三八

夏の空間　文芸汎論　五巻九号　一九三五

花のスピイド　火の菫　一九三九

熱いモノクル　火の菫　一九三九

明るいシヤボン　文芸汎論　八巻一号　一九三八　固い卵　一九四一

緑のアクシヨン　固い卵　一九四一

溶ける貝殻　文芸汎論　九巻一〇号　一九三九　固い卵　一九四一

固いパルク　書窓　七巻四号　一九三九　固い卵　一九四一

休暇のバガテル　固い卵　一九四一

透明なオブヂエ　VOU　三〇号　一九四〇　固い卵　一九四一

固い曲線　新技術　三二号　一九四一

口絵　橋本健吉氏　最近の自画像　「向上之婦人」二巻五号挿画　一九二五

挿画　「文芸耽美」二巻三号表紙画　一九二七

『白のアルバム』挿画　一九二九

編註
・各詩集原本を底本とし、詩集未収録作品は初出誌に拠った。
・かなづかいは原文通り、漢字は新字体を採用した。
・あきらかな誤植は訂正し、現在使われない記号、罫線は近似のものに代替した。「図形説」は原本をもとに再制作した。

本書は、北園克衛『記号説 1924-1941』（二〇一四年、思潮社刊）の新装版です。

記号説《きごうせつ》　1924-1941　新装版

著者
北園克衛《きたぞのかつえ》
©Sumiko Hashimoto
編者
金澤一志

発行者
小田啓之

発行所
株式会社思潮社
〒一六二―〇八四二　東京都新宿区市谷砂土原町三―十五
電話〇三（五八〇五）七五〇一（営業）
　〇三（三二六七）八一四一（編集）

印刷・製本
三報社印刷株式会社

発行日
二〇二四年六月六日